La Machine Infernale

FichesdeLecture.com

La Machine Infernale (Fiche de lecture)

I. INTRODUCTION

Jean Cocteau (1889-1963) s'est essayé à de nombreux domaines artistiques : graphisme, théâtre, dessin, cinéma.

En 1932, il écrit *La Machine Infernale*, une pièce de théâtre en 4 actes qui sera jouée pour la première fois deux ans plus tard. Cette pièce reprend le mythe d'Œdipe et est inspirée de l'*Œdipe Roi* de Sophocle. Cependant, loin d'être une copie conforme aux précédentes écritures du mythe, *La Machine infernale* introduit de nombreux éléments originaux à l'histoire telle que nous la connaissons.

II. RÉSUMÉ DE LA PIÈCE

Acte I : Le Fantôme

Le premier acte commence sur une Voix qui récapitule le mythe. On nous indique que la ville de Thèbes est sujette à « une attente marquée d'inquiétude ». Deux soldats montent la garde sur les remparts de la ville, afin de protéger Thèbes du Sphinx. Depuis plusieurs mois, le monstre tue les jeunes gens non loin de l'entrée de la ville, mais personne ne sait ce qu'il en est en vérité. D'ailleurs, certaines personnes doutent : ce serait « un truc de prêtres », tandis que d'autres pensent que « c'est un vampire ». Pour l'auteur il s'agit en fait de l'image de la Femme « tueuse d'hommes ». Les deux soldats attendent en réalité « le fantôme », un personnage qui leur rend visite pendant la nuit. Il s'agirait du roi Laïus et se montre courtois, mais aussi terrorisé par un terrible secret. Les soldats ont uniquement appris de lui qu'un grand danger se prépare, et qu'il doit en avertir sa femme.

Paraît la reine Jocaste, accompagnée de Tirésias. Le chef des soldats essaie de se faire bien voir. Mais la reine veut obtenir des informations sur le fantôme de son mari par l'intermédiaire d'un des jeunes soldats. Mais lorsque son défunt époux tente de se manifester, elle est si obnubilée par le garçon qu'elle n'entend pas ses appels. Le fantôme, désespéré, demande aux soldats de lui transmettre ceci : « *Rapportez à la reine qu'un jeune homme approche de Thèbes et qu'il ne faut sous aucun prétexte... »* Mais il est trop tard et Œdipe ne sera donc pas sauvé.

Acte II : La Rencontre d'Œdipe et du Sphinx

L'Acte II se déroule au même moment, mais devant les portes de la ville. On y découvre le Sphinx qui, sous l'apparence d'une jeune fille, est las de tuer les humains. Le monstre est même prêt à tomber amoureux du prochain bel homme qui s'approcherait ; mais Anubis veille... il ne faudrait pas s'attendrir. Paraît Œdipe, dont la jeune fille s'éprend. Elle veut lui éviter une mort certaine, mais le jeune homme, très sûr de lui, pense qu'il va la vaincre. Elle doit donc se révéler à lui. Œdipe est terrassé et demande grâce ; au dernier instant, il découvre le secret de l'énigme et est sauvé. Cependant, Anubis n'est pas satisfait et veut que l'énigme lui soit clairement posée ; Œdipe en trouve la réponse et peut emporter la dépouille du Sphinx en signe de victoire. Il court vers la reine dans la ville de Thèbes, impatient d'accéder au pouvoir.

Anubis annonce au Sphinx retransformé en femme l'avenir tragique qui se dessine pour Œdipe. La jeune fille prend pitié de lui ; mais rien ne pourra le sauver, pas même la compassion d'une déesse.

Acte III : la Nuit de noces

Œdipe a rejoint la Reine Jocaste et, faisant fi des avertissements et des obstacles, veulent donner suite à leur attirance. Après une journée fatigante de fastes, les nouveaux époux se rejoignent dans la chambre de Jocaste. Le devin Tirésias tente une dernière mise en garde après qu'Œdipe lui ait avoué être « vierge », mais ce dernier se méfie (et se défie) de lui : « les oracles...mon audace les déjoue ». Mais la fatigue endort les époux, en proie à des cauchemars. Œdipe sait qu'il n'a rien d'un héros, qu'il a été à la merci du Sphinx, tandis que Jocaste se souvient de son infanticide et s'inquiète de son âge plus avancé qu'Œdipe.

Acte IV : Œdipe roi

Le dernier acte annonce : « dix-sept ans après ».

Le couple royal est de moins en moins protégé contre son destin, et les révélations se succèdent. L'annonce de la mort du roi de Corinthe arrive à la cour. Œdipe s'en trouve soulagé, car il pense avoir déjoué l'oracle : « mon père est mort... l'oracle m'avait dit que je serais son assassin et l'époux de ma mère ». Mais cela alerte Jocaste, qui avait reçu le même avertissement et n'avait rien dit. Après une réflexion sur une remarque du messager (Œdipe n'était que « son fils adoptif »), Œdipe panique car il se souvient du meurtre du vieillard, tandis que Jocaste commence à comprendre et se pend avec son écharpe.

Œdipe effaré et attristé croit à un complot. Mais il est toujours dans le flou au sujet de sa naissance. Un vieux berger paraît alors et avoue ce qu'on l'avait forcé à cacher jusqu'à ce jour, sous peine de mort :*"Tu es le fils de Jocaste, ta femme, et de Laïus tué par toi au carrefour des trois routes. Inceste et parricide. »* Œdipe réalise alors qu'il s'est complètement trompé, et qu'il n'est pas possible d'échapper à son destin ou à l'Oracle : *« J'ai tué celui qu'il ne fallait pas. J'ai épousé celle qu'il ne fallait pas. Lumière est faîte. »*

En guise de punition, Œdipe se crève alors les yeux avec une « grosse broche en or ». Une fois aveugle, il voit Jocaste redevenue jeune s'avancer vers lui pour l'accompagner en exil.

Il quitte la pièce (et la ville) en compagnie de sa fille et de son épouse/mère, qui prennent soin de lui : *« Attention... compte les marches... un, deux, trois, quatre, cinq... »*

Créon veut alors intervenir, mais Tirésias s'interpose :*"Ils ne t'appartiennent plus »*.

III. PRÉSENTATION DES PERSONNAGES PRINCIPAUX

Œdipe

Personnage mythique dont la renommée n'est plus à présenter, Œdipe est le fils de Jocaste et Laïus, que ces derniers ont abandonné. Le mythe (d'où le complexe d'Œdipe...) veut qu'il ait tué son père par accident entre Daulie et Delphes (un simple vieillard sur sa route) avant d'épouser la Reine... sa mère.

Dans la pièce de Cocteau, ses caractéristiques sont celles du héros, mais il est loin d'être parfait : certes, il est jeune et beau ; mais il se montre très puéril et extrêmement sûr de lui, voire arrogant. Il veut le pouvoir à tout prix et tente de se comporter comme un Roi, ce qui déclenche parfois les rires. La rencontre avec la jeune fille Sphinx souligne ces traits et y ajoute la faiblesse : « non, madame ! ».

Jocaste

Reine et épouse du défunt Laïus. Elle a abandonné Œdipe, et n'est pas d'origine grecque.

C'est une belle femme qui, approchant la vieillesse, tente de conserver une apparence jeune, ce qui tourne à l'obsession. La déchéance physique la terrifie, ce que l'on voit dans l'Acte III lorsque, face à un miroir, elle se « remonte les joues à pleines mains ». Elle a cependant encore beaucoup de sensualité en elle. Sur le plan du caractère, elle évolue dans la pièce, d'une figure très autoritaire à une femme plus calme et posée. Comme le prévoit le mythe, elle entretient une relation ambigüe avec Œdipe.

Tirésias

Le célèbre devin grec est très consulté par Jocaste, comme le faisait Laïus d'ailleurs.

Il est à la fois non-voyant (aveugle) et voyant (devin). Il faut y voir un lien de cause à effet. Très intelligent et incrédule, il sait lire les oracles et les manipuler politiquement. Il s'oppose à Œdipe et sert en fait à annoncer le destin de ce dernier.

Le Sphinx

Le Sphinx (ou la Sphinge) est traditionnellement un monstre à tête de femme qui pose des énigmes aux humains passant près des portes de la ville, et les tue s'ils ne répondent pas. Le Sphinx est immortel et l'envoyé des dieux.

Elle a ici l'apparence d'une jeune femme (« une petite fille de dix-sept ans »), ce qui mêle paradoxalement un côté doux et sensible à la redoutable autorité et la force dont elle dispose. Elle se laisse séduire par Œdipe pour un temps. **Anubis,** également dieu de la mort, l'accompagne et la rappelle à l'ordre si nécessaire. Mais elle n'est pas dans le même esprit que lui : « *Les pauvres, pauvres, pauvres hommes… Je n'en peux plus, Anubis… J'étouffe. Quittons la terre* »

Les **personnages secondaires** sont également intéressants, notamment :

- **Antigone,** qui est l'une des filles d'Œdipe et de Jocaste
- **Créon**, le frère de la Reine (on retrouve ces personnages dans d'autres tragédies classiques…)
- Les **deux soldats** qui sont les seuls à communiquer avec le fantôme de Laïus.

IV. AXES D'ANALYSE

La fatalité tragique et l'explication du titre

La Machine infernale est une tragédie, même s'il ne s'agit pas d'une tragédie classique. En effet, elle met en scène un mécanisme implacable qui vient se refermer comme un piège sur les protagonistes.

Cela passe par plusieurs éléments :

- la disparition de la liberté, d'abord, puisque même les objets (« escaliers, agrafes… ») semblent attaquer Œdipe et Jocaste.
- l'intervention divine par les monstres (Sphinx, Anubis) rappelle à quel point le destin d'Œdipe est scellé : il a tué son père, il va épouser sa mère. Peu importe qu'il y croie ou non, ou qu'il y résiste de toutes ses forces, la fatalité divine l'a privé de sa liberté d'action au sens que ses actes ne peuvent aboutir. Au mieux, il reste un pantin qui s'agite, empêtré dans les fils du destin.

L'ironie tragique vient donc du fait que les protagonistes ont développé une illusion de liberté, et que pour la plupart d'entre eux, ils pensent pouvoir échapper à leur destinée.

Jocaste déclare ainsi : « et quand je me crois libre, la pâte revient à toute vitesse et gifle ma figure ».

Cette absence de liberté est fondamentale dans la lecture du roman, car elle rend d'autant plus injuste la condamnation d'Œdipe. En effet, comment le tenir responsable de ses actes s'il n'a aucun pouvoir sur la fatalité qui le frappe ? Il paraît dès lors inconcevable de le considérer comme un coupable.

La pièce de Cocteau ne donne d'ailleurs pas le même sens à la crevaison de ses yeux. Tirésias y explique qu'« il a voulu être le plus heureux des hommes ; maintenant il veut être le plus malheureux. », alors que Sophocle en faisait un coupable qui ne voulait plus croiser le regard de ses proches.

Le titre de l'œuvre est donc tout à fait approprié. « Machine » d'abord, pour désigner l'engrenage qui s'enclenche dès le Prologue et l'annonce faite du destin fatal d'Œdipe. Et « infernale » pour désigner aussi bien le caractère divin des manipulations que l'enfer de la privation de liberté et de l'illusion du combat humain.

Le surnaturel et la rencontre de deux mondes

La pièce de Cocteau est marquée par les éléments surnaturels qui viennent se faire entremêler deux mondes bien distincts, celui des vivants et des morts/revenants. Cette cohabitation n'est pas toujours des plus réussies.

Humains et créatures divines se côtoient, à l'image d'Œdipe qui échange avec la jeune fille Sphinx, elle-même accompagnée d'Anubis. De plus, le destin est une idée très présente, ce que réfute Œdipe qui se montre profondément agnostique.

Plusieurs personnages servent d'intermédiaires entre le surnaturel et la réalité :
- l'Oracle et la Voix du Prologue se manifestent - Tirésias est devin, il peut donc lire les signes et annoncer l'avenir. Cependant, il en tire souvent un profit politique par la manipulation.

- Le fantôme de Laïus (qui rappelle d'ailleurs Hamlet) est très intéressant du point de vue de l'interprétation : il sert d'intermédiaire, mais cela va plus loin. Il a découvert après sa mort des secrets qu'il ne devrait pas révéler aux humains. Mais il en prend le risque pour protéger sa femme et l'ordre de son ancienne cité. Il est donc terrifié et cherche à rester discret ; en même temps, il perd son rang par la mort : un soldat déclare d'ailleurs « les rois morts deviennent de simples particuliers. ». Or la présence contre-nature du défunt permet de renverser tout le système de valeurs établi dans la réalité.

Ainsi, le choc de la rencontre entre surnaturel et réel rend flous les étapes du temps, les rangs sociaux les valeurs humaines et les lois divines. Les identités de tous sont ainsi perturbées (ce que l'on voit chez le Sphinx notamment).

Dans la même collection en numérique

Les Misérables
Le messager d'Athènes
Candide
L'Etranger
Rhinocéros
Antigone
Le père Goriot
La Peste
Balzac et la petite tailleuse chinoise
Le Roi Arthur
L'Avare
Pierre et Jean
L'Homme qui a séduit le soleil
Alcools
L'Affaire Caïus
La gloire de mon père
L'Ordinatueur
Le médecin malgré lui
La rivière à l'envers - Tomek
Le Journal d'Anne Frank
Le monde perdu
Le royaume de Kensuké
Un Sac De Billes
Baby-sitter blues
Le fantôme de maître Guillemin
Trois contes
Kamo, l'agence Babel
Le Garçon en pyjama rayé
Les Contemplations

Escadrille 80

Inconnu à cette adresse

La controverse de Valladolid

Les Vilains petits canards

Une partie de campagne

Cahier d'un retour au pays natal

Dora Bruder

L'Enfant et la rivière

Moderato Cantabile

Alice au pays des merveilles

Le faucon déniché

Une vie

Chronique des Indiens Guayaki

Je voudrais que quelqu'un m'attende quelque part

La nuit de Valognes

Œdipe

Disparition Programmée

Education européenne

L'auberge rouge

L'Illiade

Le voyage de Monsieur Perrichon

Lucrèce Borgia

Paul et Virginie

Ursule Mirouët

Discours sur les fondements de l'inégalité

L'adversaire

La petite Fadette

La prochaine fois

Le blé en herbe

Le Mystère de la Chambre Jaune

Les Hauts des Hurlevent

Les perses

Mondo et autres histoires

Vingt mille lieues sous les mers

99 francs

Arria Marcella

Chante Luna

Emile, ou de l'éducation

Histoires extraordinaires

L'homme invisible

La bibliothécaire

La cicatrice

La croix des pauvres

La fille du capitaine

Le Crime de l'Orient-Express

Le Faucon malté

Le hussard sur le toit

Le Livre dont vous êtes la victime

Les cinq écus de Bretagne

No pasarán, le jeu

Quand j'avais cinq ans je m'ai tué

Si tu veux être mon amie

Tristan et Iseult

Une bouteille dans la mer de Gaza

Cent ans de solitude

Contes à l'envers

Contes et nouvelles en vers

Dalva

Jean de Florette

L'homme qui voulait être heureux

L'île mystérieuse

La Dame aux camélias

La petite sirène

La planète des singes

La Religieuse

1984 A l'Ouest rien de nouveau

Aliocha

Andromaque

Au bonheur des dames

Bel ami

Bérénice

Caligula

Cannibale

Carmen

Chronique d'une mort annoncée
Contes des frères Grimm
Cyrano de Bergerac
Des souris et des hommes
Deux ans de vacances
Dom Juan
Electre
En attendant Godot
Enfance
Eugénie Grandet
Fahrenheit 451
Fin de partie
Frankenstein
Gargantua
Germinal
Hamlet
Horace
Huis Clos
Jacques le fataliste
Jane Eyre
Knock
L'homme qui rit
La Bête humaine
La Cantatrice Chauve
La chartreuse de Parme
La cousine Bette
La Curée
La Farce de Maitre Pathelin
La ferme des animaux
La guerre de Troie n'aura pas lieu
La leçon
La Machine Infernale
La métamorphose
La mort du roi Tsongor
La nuit des temps
La nuit du renard
La Parure

La peau de chagrin

La Petite Fille de Monsieur Linh

La Photo qui tue

La Plage d'Ostende

La princesse de Clèves

La promesse de l'aube

La Vénus d'Ille

La vie devant soi

L'alchimiste

L'Amant

L'Ami retrouvé

L'appel de la forêt

L'assassin habite au 21

L'assommoir

L'attentat

L'attrape-coeurs

Le Bal

Le Barbier de Séville

Le Bourgeois Gentilhomme

Le Capitaine Fracasse

Le chat noir

Le chien des Baskerville

Le Cid

Le Colonel Chabert

Le Comte de Monte-Cristo

Le dernier jour d'un condamné

Le diable au corps

Le Grand Meaulnes

Le Grand Troupeau

Le Horla

Le jeu de l'amour et du hasard

Le Joueur d'échecs

Le Lion

Le liseur

Le malade imaginaire

Le Mariage de Figaro

Le meilleur des mondes

Le Monde comme il va

Le Parfum

Le Passeur

Le Petit Prince

Le pianiste

Le Prince

Le Roman de la momie

Le Roman de Renart

Le Rouge et le Noir

Le Soleil des Scortas

Le Tartuffe

Le vieux qui lisait des romans d'amour

L'Ecole des Femmes

L'Ecume Des Jours

Les Bonnes

Les Caprices de Marianne

Les cerfs-volants de Kaboul

Les contes de la Bécasse

Les dix petits nègres

Les femmes savantes

Les fourberies de Scapin

Les Justes

Les Lettres Persanes

Les liaisons dangereuses

Les Métamorphoses

Les Mouches

Les Trois mousquetaires

L'étrange cas du Dr Jekyll et de Mr Hyde

L'Ile Au Trésor

L'île des esclaves

L'illusion comique

L'Ingénu

L'Odyssée

L'Ombre du vent

Lorenzaccio

Madame Bovary

Manon Lescaut

Micromégas

Mon ami Frédéric

Mon bel oranger

Nana

Ne tirez pas sur l'oiseau moqueur

Notre-Dame de Paris

Oliver twist

On ne badine pas avec l'amour

Oscar et la dame rose

Pantagruel

Le Misanthrope

Perceval ou le conte du Graal

Phèdre

Ravage

Roméo et Juliette

Ruy Blas

Sa Majesté des Mouches

Si c'est un homme

Stupeur et tremblements

Supplément au voyage de Bougainville

Tanguy

Thérèse Desqueyroux

Thérèse Raquin

Ubu Roi

Un Barrage contre le Pacifique

Un long dimanche de fiançailles

Un secret

Vendredi ou la vie sauvage

Vipère au poing

Voyage au bout de la nuit

Voyage au centre de la terre

Yvain ou le Chevalier au lion

Zadig

À propos de la collection

La série FichesdeLecture.com offre des contenus éducatifs aux étudiants et aux professeurs tels que : des résumés, des analyses littéraires, des questionnaires et des commentaires sur la littérature moderne et classique. Nos documents sont prévus comme des compléments à la lecture des oeuvres originales et aide les étudiants à comprendre la littérature.

Fondé en 2001, notre site FichesdeLectures.com s'est développé très rapidement et propose désormais plus de 2500 documents directement téléchargeables en ligne, devenant ainsi le premier site d'analyses littéraires en ligne de langue française.

FichesdeLecture est partenaire du Ministère de l'Education du Luxembourg depuis 2009.

Plus d'informations sur www.fichesdelecture.com

ISBN: 978-2-511-02894-0

Notes :